Costard J. P.

Lettre du lord Welford

Paris
1765

LETTRE

DU

LORD VELFORD.

A

LETTRE

DU
LORD VELFORD

A
MILORD DIRTON,

SON ONCLE,

PRÉCÉDÉE

D'UNE LETTRE DE L'AUTEUR,

À PARIS,

Chez L'ESCLAPART, Libraire,
Quai de Gévres.

____

M D C C L X V.

Avec Approbation.

LETTRE

DE L'AUTEUR.

Au milieu des ridicules & des préjugés, je me console encore de trouver des Êtres senfibles pour qui l'amitié n'eft point une chimère. Cette douce paffion qui naît du rapport des vertus dans les âmes honnétes, qui rapproche les hommes, & qu'on peut appeller le Lien de la vie Civile, me fou-tient tous les jours contre le fpectacle des erreurs de ce fiécle. Les brigues, les cabales, les baſſes manœuvres de l'envie ſemblent à préſent renaître avec plus de vigueur. Voilà les objets dont l'honnête homme s'indigne; & ces objets, multipliés ſous ſes yeux, ſont pour lui le comble de la douleur, quand l'amitié ſouvent très-rare, ne vient point diſtraire ſon âme de cet affreux tableau, dont l'aſpect ſeul le fait rougir pour ſes ſemblables.

Je t'ai vu, je t'ai connu : nos âmes ont fait le reſte; nous ſommes amis; je t'adreſſe mon Ouvrage. Il eſt le fruit de cette heureuſe ſenſibilité qui nous a joints, de cette

fenfibilité dont eft pénétré l'énergique Pein-
tre d'Héloïfe, & que partage fi bien avec
lui l'ingénieux Auteur des Lettres de Barnevelt, de Zéila, & du Comte de Com-
minges : c'eft par cela feul qu'il n'eft point
indigne de toi. C'eft au Public à prononcer
cer fur le refte.

L'eftimable Éditeur de l'élite des Poëfies
Fugitives, à qui nous devons particuliére-
ment plufieurs productions utiles qui font
honneur à fes talents, retira, pour ainfi
dire, d'un efpece de cahos, l'année der-
nière, un petit Roman Anglois qu'il fit pa-

roître depuis, fous le titre de Fanni,
ou l'Heureux Repentir : ce petit Cu-
vrage, digne à tous égards de la Plume élégante de Monfieur Darnaud, fon
Auteur, me parut un tableau frappant de
paffions toutes plus violentes les unes que
les autres, dont je pouvois faire ufage. Le
Drame & la Lettre du Comte de Commin-
ges, venoient de m'arracher des larmes :
j'étois encore comme abforbé dans cette
volupté de mélancolie, (c'eft le terme)
que la lecture de l'un & l'autre m'avoit
infpirée : mon âme ouverte à ces élans de
fenfibilité,

fenfibilité, de tendreffe , de douleur, d'anéan=
tiffement, paffions muettes qui fufpendent le
cœur entre elles – mêmes & l'intérêt, me
commanda : j'écrivis. Delà l'Ouvrage que je
t'envoie.

Une fille aimable qui, à la plus grande
beauté, réunit l'innocence, la candeur, ces
vertus naïves qui caractérifent fi bien les
charmes de la vie champêtre : un Vieillard,
fon Père, qui partage avec elle, au milieu
de fes champs, cette touchante fimplicité
de l'âge d'or, que nous ne peignons que
bien foiblement, parce que nous la conce=

B

vons de même : un homme né vertueux,
mais entrant à peine dans cet âge qu'on peut
nommer l'orage des paſſions, & par confé-
quent fufceptible de foibleſſes, entraîné dans
le tourbillon du crime par un fourbe qui,
fous le voile de l'amitié, cache le poignard
de l'indifférence ; jouet des paſſions d'un traître, plongeant lui-même celle qu'il a aimée
dans un abîme de malheurs, ramené enfin
au fein du bonheur & de la vertu par un
homme généreux qui s'intéreſſe aux devoirs
de l'humanité : voilà, mon ami, les caractères que m'a fourni le Roman dont je viens

de te parler. Tu conviendras avec moi que, si la fource eft féconde, jamais fujet n'offrit peut-être plus de difficultés. J'ai néanmoins ofé le choifir : il ne me refte qu'à te parler de l'éxécution.

Tu te rappelles, fans doute, le caractère de cette Milvoud, de ce monftre qui conduifit le poignard de l'infortuné Barnevelt dans le fein de fon Oncle, affemblage atroce de crimes, de baffeffes & de perfidie? Eh bien, mon ami, c'eft précifément ce caractère que tu trouveras défigné dans celui de Bévil. Celui-ci, d'autant plus odieux

B ij

qu'aucun motif ne le juſtifie, ſi non la ſeule vanité du crime, ſi l'on peut s'exprimer ainſi, eſt un Caméléon qui prend toutes ſortes de formes, pour entraîner ſon ami dans le gouffre du vice. Mais une réflexion m'arrête. Pourras-tu concevoir un être aſſez bas, pour commettre crime ſur crime, dans la ſeule vue de s'en faire gloire avec ſes ſemblables, ou d'étonner des âmes foibles? Je préviens tes objections : je les attends même de toi; mais, quand je t'aurai répondu par l'intimité qui regne entre Velford & Bévil, par la confiance aveugle du premier, par l'adreſſe du ſecond à ſe la conſerver ; tu conviendras avec moi qu'en fait d'amitié comme de religion, le faux zèle eſt inconteſtablement l'excès le plus à craindre pour la ſûreté des mœurs ; & dès-lors le caractère de Bévil aura des motifs.

Je crois devoir te prévenir ſur quelques changements que j'ai jugé néceſſaires. Aux noms de Thatley & de Thoward ſon ami, qui m'ont paru offrir plus de difficultés dans la verſification, j'ai ſubſtitué ceux de Velford & de Bévil, ſans rien changer à leurs caractères propres. Pour le Frère de Fanni, il n'eſt point de l'Auteur du Roman. C'eſt un Perſonnage nommé Sir Windham, connu par ſa juſtice & ſa probité, qu'il a mis en uſage dans la même occaſion que j'ai à-peu-près employée.

Il en eſt de même du Fils de Velford, que ſon Père embraſſe & reconnoît au mi-lieu d'un bois.

Cette circonſtance, propre à réveiller l'at-tention du Lecteur, peut être interrompue ou diſtraite par quelques détails inſépara-bles du ſujet, m'a paru aſſez fondée, pour la pouvoir rifquer au hazard de tomber dans le Romanefque.

Il me falloit un Perfonnage à qui Velford dût indifpenfablement écrire : qu'ai-je fait ? Le caractère de Milord Dirton, fon Oncle, tel qu'il eft dans le Roman, eût fait longueur, fans rien ajouter à l'intérêt, fuivant le plan que je m'étois tracé : je l'ai changé en celui d'un homme vertueux, [ce titre exclut celui d'homme à préjugés] qui doit s'intéreffer au bonheur & à la gloire de fon Neveu, & auquel celui-ci peut, fans rougir, faire un aveu fincère de fes erreurs.

Voilà, en peu de mots, l'expofé de ma Lettre. C'eft fous ce point de vue que je l'ai examinée & faite telle que je te l'envoie. Puiffe-t-elle te retracer une partie de ces fentiments que tu m'as infpirés & que j'ai adoptés dans le cours de ces heureufes converfations dont nos âmes, qui fe répondoient, étoient toujours de moitié!

LETTRE

LETTRE

DU

LORD VELFORD.

C

Ch. Eisen inv.
De Longueil Sculp.

LETTRE
DU
LORD VELFORD.

Le Lord VELFORD est supposé dans une de ses Terres,
écrivant quelque temps après l'événement qu'il raconte.

MILORD, il est un Dieu, vengeur de l'innocence

Qui du bien & du mal tient en main la balance :

Qui pèse l'un & l'autre au poids de l'équité ;

Et qui défend les droits de sa Divinité.
C ij

Au timide Orphelin, qu'on pourfuit fur la Terre,

Il prête fon fecours, & lui tient lieu de Père :

Veillant fur les Humains, qu'il obferve en tout lieu,

Il eft bon : il eft jufte ; en un mot, il eft Dieu.

Tel eft le Dieu, Milord, qu'en tremblant je révère.

Enfin il va percer l'abîme du myftère.

Il va te dévoiler le cœur d'un criminel.

Il te dira comment je fus lâche & cruel.

Il dira que Velford, égorgeant la victime,

Sous des dehors facrés, enveloppa le crime.

Il te dira l'abus que je fis de fes Loix.

Dirton, ce même Dieu te parle par ma voix.

Ton Neveu, tu le fçais, avec un cœur fauvage,

Eût peut-être, en naiffant, des vertus en partage.

Ennemi de l'Amour, je bravois fon pouvoir.

Tout entier à l'honneur, fidele à mon devoir,

De l'homme & de son cœur analysant l'essence,

Coulant des jours heureux au sein de l'innocence,

Héritier du grand nom d'un Père vertueux,

Je répandois mes biens au sein des malheureux.

Du bonheur des Humains Artisan salutaire,

Peut-être quelquefois m'ont-ils nommé leur Père;

Et peut-être enivré de ce titre enchanteur,

Flattois-je mon orgueil aux dépens de mon cœur.

Qu'importe? Ils sont heureux; leur sort est mon

ouvrage:

Me disois-je à moi-même. En faut-il davantage?

Chaque jour j'en reçois les prix les plus flatteurs.

Leur amour, mes bienfaits, ce sont-là mes grandeurs.

C'est ainsi qu'abusant de ma propre foiblesse,

Je couvrois mon orgueil d'un faux nom de sagesse.

Mais si lui seul, hélas! me rendoit généreux;

J'étois heureux, Dirton; je faisois des heureux.

Déteſtable Bévil, ami fourbe & perfide,

Tu féduiſis mon cœur, alors foible & timide.

De ce cœur trop facile en careſſant l'orgueil,

C'eſt toi qui m'a jetté ſur ce terrible écueil,

Sur cet écueil fatal, où, du ſein des orages,

Les viles paſſions enfantent les naufrages.

Perfide !.... trop heureux, malgré tous tes efforts,

Au ſein des faux plaiſirs, je ſentois les remords.

Mon Oncle, ce ſont eux qui conduiſent ma Plume.

Au flambeau des vertus mon âme ſe rallume.

Je te peindrai le crime & toutes ſes horreurs.

Lis...... & vois, ſi mon ſort peut mériter tes pleurs.

Dans ces Champs fortunés, qui par ma bienfai-
　　ſance,

Honoroient le Pays où j'avois pris naiſſance,

Éloigné des attraits d'un monde féducteur,

Sur moi, ſur mes devoirs, j'interrogeois mon cœur.

Le hazard me conduit dans le fond d'un boccage.

J'avance. J'apperçois un toît humble & sauvage,

Un champêtre réduit, au milieu des forêts,

Où régnoient la Vertu, l'innocence & la Paix.

Cet instinct qui de l'homme étend la connoissance ;

Qui nous porte à tout voir, qui fait notre science,

Ce penchant, qu'aujourd'hui je dois nommer

      affreux,

Précipite mes pas vers cet asile heureux.

Je vole, j'entre. Hélas !... Quel spectacle s'apprête!

Je frémis ... je m'égare ... & ma plume s'arrête....

Triste aveu des forfaits, que tu coûte à mon cœur !....

Dans cette humble chaumiere, (image du bonheur !..)

Aux côtés d'un Vieillard, qu'elle nomme son Père,

Mon œil fixe soudain une jeune Bergère.

Fanni, c'étoit son nom ; sans le secours de l'art,

De la seule Nature empruntoit tout son fard.

La Pudeur, dans son Port, imprime la décence :

La gaieté, dans ses yeux, brille avec l'innocence ;

Et sur son front serein, où siége la Candeur,

Se peignent les vertus qui régnent dans son cœur.

De tant d'attraits, Dirton, je ne pûs me défendre.

La voir, l'aimer, rougir ... mais qu'osai-je prétendre ?...

Moi, rougir !... Malheureux, infâme séducteur,

Souviens-toi de Fanni, d'Adams, de ta fureur.

Contemple à tes genoux cette pâle victime,

Réclamer tous ses droits, te reprocher ton crime.

Vois un foible Vieillard, aux piéds des Tribunaux,

Traîner ses pas tremblans, ses chagrins & ses maux.

Ose entendre sa voix, te demander sa fille,

Armer contre tes jours une triste Famille,

Prendre à témoin ce Ciel à qui tu fais horreur,

Implorer sa justice & son foudre vengeur....

Si ce n'est pas assez ; reconnois ton ouvrage.

C'est le Fils de Fanni, le tien. C'est ton image.

Ses

Ses innocentes mains cherchent à careſſer.

Sur le ſein de ſa Mere, il aime à repoſer.

De ſes ſens indignés il conçoit le murmure.

Il démêle, il entend le cri de la Nature ;

Et dans ce trouble affreux, où ſon cœur ſe confond,

Il interroge tout ; & rien ne lui répond....

Vole au-devant de lui, déclares-lui ſon Père ;

Cours te précipiter dans les bras de ſa Mère :

D'un Vieillard malheureux cours eſſuyer les pleurs ;

A ſes pieds, dans ſon ſein, abjures tes erreurs :

Và reporter la paix, où tu mis les alarmes :

Des vertus à ton Fils fais admirer les charmes ;

Et tu pourras alors, ſenſible au repentir,

Mériter un remord qui t'apprenne à rougir.

Malheureux !... où m'emporte une ardeur inſenſéc ?...

Épouvantable aveu de ma honte paſſée !.....

Inutiles remords, vos cris ſont ſuperflus....

Mon crime eſt expié. Je ne vous entends plus.

D

Mon Oncle, ce Vieillard que ma préfence étonne,

Au plaifir le plus pur devant moi s'abandonne.

Des foins les plus marqués, fincère Obfervateur,

Il me prodigue tout; amour, refpect, honneur.

Rien ne fut épargné. Cette Fille célefte,

Cette même Fanni, le feul bien qui lui refte,

Cet Ange, des vertus affemblage étonnant,

Partage tous fes foins, & fon cœur me les rend.

» Milord, me dit fon Pere, admirez votre ouvrage.

» De vos bienfaits ici reconnoiffez l'ufage :

» C'eft la paix, le repos. Grâces à vos bontés,

» Nous fixons l'un & l'autre en ces bois écartés.

» Ma Fille, chaque jour, inftruite par fon Père,

» Pour vous, au Tout-puiffant offre une humble prière ;

» Et moi de vous chérir, chaque jour, trop heureux,

» A vivre fous vos loix, je borne tous mes vœux.

Dieux ! que devins-je alors ? quelle fut mon yvreffe ?

Fanni fixa fur moi des yeux pleins de tendreffe.

J'y vis briller l'Amour : qu'il étoit séducteur !....

Tout me ravit, sa voix, son geste, sa douceur.

Elle approuvoit ces soins & cette déférence,

Qu'un Vieillard généreux rendoit à ma naissance.

Qu'elle étoit belle ! hélas !... à mon cœur éperdu,

Elle inspira ces feux qu'allume la vertu.

Dans ce moment fatal, où, trop foible & trop tendre,

Je céde à cet amour que je ne puis comprendre,

Une secrette voix me répete. » Velford,

» Jouis de tous mes droits, mais jouis sans remord.

» Conserves les vieux jours d'un Vieillard respectable :

» Si sa fille t'est chere ; à cet objet aimable,

» Sous les loix de l'Amour, à la face des Cieux,

» Tu peux offrir ta main pour le plus saint des nœuds.

» Garde-toi d'être heureux, si l'honneur en murmure :

» On peut être sensible, & n'être point parjure.

Ainsi dans mes desirs me croyant vertueux,

De ce funeste amour je nourissois les feux.

Oui, j'adorois Fanni. Oui, je brûlois pour elle.

Mais quand je lui vouois un cœur toujours fidèle;

Je m'abusois, Dirton; mes coupables ardeurs,

Sur les bords de l'abîme avoient sémé des fleurs...

Tu ris, fatal amour?... Je suis sous ton empire.

Je remporte avec moi le trait qui me déchire.

Toujours plein de Fanni, toujours plus amoureux,

Mon cœur avec regret s'éloigne de ces lieux.

Il fallut les quitter!... Il m'en souvient encore :

J'attendois le sommeil, au lever de l'Aurore;

Et mes yeux abattus, foibles & languissans,

Appelloient le repos... qui fuyoit de mes sens.

On m'annonce Bévil. Dans ses bras, je m'élance.

» Ami, tout est changé. Ma froide indifférence,

» Mon bonheur, mon repos, tout est évanoui.

» Juges de mes malheurs.... J'idolâtre Fanni....

» Eh! quelle âme insensible, auprès de tant de charmes,

» Pourroit braver l'Amour?.... Il lui prête ses armes :

» Il nage fur fon fein, rit dans fes yeux vainqueurs;
» Et delà, mon ami, s'élance dans les cœurs.

Bévil fourit des maux qui déchirent mon âme.
Il ofe propofer des fecours à ma flâme.
Quels fecours!... Dieu puiffant... moi... féduire Fanni? .,.
Acheter à prix d'or un bonheur avili!....
Moi, violer les droits d'un pouvoir légitime,
Qui ne le feroit plus, s'il l'étoit par un crime!...
Ah! trop cruel ami, que peux-tu m'objecter?
Je l'adore... il fuffit : je dois la refpecter.

Foible raifon de l'homme! ô vertu trop ftérile,
Que ton éclat eft faux! que ton trône eft fragile!
Jouets des paffions, foibles ... & malheureux,
En vain pour la vertu formons-nous quelques vœux.
Généreux fans ardeur, complaifant par fyftême,
L'homme eft toujours, hélas! la dupe de lui-même;

Et dans le doute obfcur, dont il eft pourfuivi,
Son efprit cherche encor, quand fon cœur a choifi.

Ces tiffus odieux de crimes déteftables,
Ces moyens criminels, ces complots fi coupables,
De féduire Fanni, d'abufer de fon cœur.....
Je pûs les accepter!... Je friffonne d'horreur...
Il n'eft rien de fufpect au yeux de l'innocence.
Je demande le prix de ma perfévérance;
Je propofe ma main. Ce Père vertueux
Croit devoir refufer tout efpoir à mes feux:
Il m'objecte mon rang, ma gloire, ma famille;
J'objecte les vertus qui brillent dans fa Fille.
Vieillard infortuné!... Quand tu me refufois;
Mon cœur en t'admirant s'éloignoit des forfaits.

Un jour je vois Fanni. Ce jour étoit fa fête.
Les plus brillantes fleurs embelliffoient fa tête.

Sous un léger chapeau, fes beaux cheveux treffés,

Irritent les zéphirs qui les ont careffés.

L'Amour, qui, fur fon fein négligemment repofe,

Confond à fon côté le lys, l'œillet, la rofe;

Et lui prêtant alors fon fourire enfantin,

Il comparoit ces fleurs à l'éclat de fon tein.

Heureufes fleurs!... Hélas! que leur deftin me tente

Sur un trône fi beau, que la rofe eft brillante!

Je l'enviois.... Fanni m'apperçut; & d'abord,

» Acceptez ce bouquet, me dit-elle, Milord.

» De tous mes fentimens qu'il foit pour vous le gage!...

» L'éclat de vos vertus en eft la vive image.

Je refte inanimé... » Des fleurs de votre main!...

» Fanni.... votre bouquet fera contre mon fein...

» Il a touché le vôtre... » Alors mon trouble augmente.

La beauté qui rougit en eft plus féduifante:

Fanni baiffe les yeux; & moi plus confumé,

Je fens un feu nouveau dans mon fein alarmé.

Mais que faifoit Bévil durant ce court efpace ?

Quel projet odieux ! Ciel !... tout mon fang fe glace...

A ce tiffu d'horreurs, pourras-tu te prêter ?...

Non, Dirton, fans frémir, tu ne peux m'écouter.

Bévil ... a propofé la honte & l'infâmie.

Il a montré de l'or ... & dans fa rage impie,

Du refpeétable Adams il a tenté les mœurs. ...

Quels objets !... Ce Vieillard, les yeux baignés de pleuts,

Se jette à mes genoux, implore ma juftice.

» Quel crime ai-je commis ? S'il faut que je périffe ;

» Ordonnez : je fuis prêt. Milord, voilà mon flanc.

» Frappez. Tout à loifir baignez-vous dans mon fang.

» Je fuis trop criminel, fi j'ai pû vous déplaire...

» Mais ma gloire, Milord, fçachez qu'elle m'eft chere :

» Elle a des droits fur moi, qui font dans votre cœur.

» Oui, privez-moi du jour, mais laiffez-moi l'honneur.

Je regarde Bévil, l'œil brûlant de colère,

Je raffûre l'efprit de ce malheureux Père.

Je

Je fors défefpéré, furieux, confondu.

Voilà l'état du crime auprès de la vertu.

Quelle étoit ma foiblefíe?.. Ah!.. ce Bévil, ce traître,

De mes efprits troublés fe rend bientôt le maître.

Souple, adroit dans le crime, & perfide avec art,

Devant, moi des vertus il empruntoit le fard.

Il cédoit; & toujours trop sûr de fa victoire,

Il lifoit dans mes yeux fon triomphe & fa gloire.

Mais quelle gloire! ... O Ciel! il ne rougifíoit pas;

Et fon œil, fans frémir, voioit les attentats.

A de nouveaux forfaits bientôt il fe prépare.

Ce monftre dans mes maux trouve un plaifir barbare.

Il m'entretient toujours d'Adams & de Fanni.

Il fçait qu'à fes attraits mon cœur affujetti,

Ne peut s'en féparer, ne peut rompre fa chaîne.

Il fçait que de ce cœur elle eft la fouveraine:

E

Qu'en irritant mes feux, mes defirs, mon efpoir,

Il gagne, fur mon être, un abfolu pouvoir.

Il fçait qu'à fes difcours, ce feu qui fe ranime,

Me conduit par degrés fur le bord de l'abîme;

Et que, fans ceffe en proie à fa trifte fureur,

Je lui donne le droit d'ordonner à mon cœur.

Droit funefte !... il l'obtient... Je me fie à fon zèle !..

De mes amis, dans lui, je vois le plus fidèle !...

J'épanche dans fon fein mes craintes, mes douleurs.

Sa criminelle main... ofe effuyer mes pleurs !...

Ce beau refus d'Adams, de m'unir à fa Fille,

Ce refus d'allier Velford à fa Famille,

Cet effort généreux de me défobéir,

Eft un crime trop grand, pour ne pas le punir.

Tout eft éxaminé. Le Vieillard eft coupable.

Il n'eft plus à fes yeux, qu'un objet méprifable,

Qu'un Sujet infolent.... » Il a pu refufer ?...

» Velford eft compromis; je pourrai tout ôfer.

Il dit, & part soudain. En vain je le rappelle :
Il est sourd à mes cris. Ma raison qui chancelle,
Vole au-devant du crime, & prévoit son dessein.
Déja je crois le voir, un poignard à la main,
S'élancer sur Adams... sur Fanni, que j'adore....
Sur Fanni... Feux du Ciel!... & vous tardés encore
A tomber sur le traître en carreaux éclatants?....
Vaines illusions, fuiés loin de mes sens.
Bévil n'est point barbare. O mon ami! pardonne...
Lui mon ami, Dirton!... tout mon corps en frissonne.
Il reparoit, il vient, il parle ... je l'entends....
Ah! qu'il mérite encor des noms bien différents!.....

Ce soir dans cette enceinte, où préside le crime, (*)
Où régnoit autrefois un amour légitime,

____

(*) *Le trouble & l'agitation de Velford, à cet
endroit de son récit, ne doivent point lui laisser voir
qu'il écrit. C'est un homme hors de lui-même, qui
se livre à toutes les impressions que lui donne le
souvenir de ses malheurs.*

E ij

Où mon Pere adoré, modèle des Héros,

D'un hymen chaste & pur allumoit les flambeaux ;

Sous ces lambris, jadis féjour de l'innocence, ...

Ce foir même, Fanni fimple & fans défiance,

Par fon Pere amenée... en fecret & fans bruit.....

Ma plume fe refufe à cet affreux récit.

On a féduit Adams & trompé mon Époufe.

Fanni, va de ce nom, mon ame eft trop jaloufe,

Pour te l'ôter jama's .... ô ferment impofteur !

Que ne rentrois-tu donc dans le fond de mon cœur ?

Dieu vengeur, fi le crime irrite ta Juftice ;

Frappe ; Amis, Témoins, Prêtre, Autel, tout fut

    complice (*).

Bévil triomphe. Hélas ! ces appas innocents,

Ces yeux que le plaifir rend plus doux, plus touchants,

(*) *J'ai cru cette penfée fuffifante, pour exprimer la noirceur du complot de Bévil, qui fait contracter à Fanni un faux Mariage avec Velford.*

Cette bouche enflammée où le sourire hésite,

Ce sein voluptueux que la pudeur agite,

Cet âge du bonheur, ces charmes, ces attraits,

Je les posséde tous ... & n'en jouis jamais...

Au milieu des plaisirs, au sein du bonheur même,

Dans ces transports heureux, où, près de ce qu'on aime,

Le cœur troublé s'émeût sous la main du desir,

Je me sens déchiré des traits du repentir.

Mon âme, qu'un remord incessamment assiége,

Conçoit toute l'horreur d'un amour sacrilége ;

Et ma bouche tremblante, & prompte à m'accuser,

Sur le sein de Fanni, se refuse au baiser...

Bonheur perfide ... ô Dieu !... Bévil m'en félicite...

De ses sanglants projets il voit la réussite,

S'applaudit en secret, quand son farouche orgueil,

Du bonheur aux forfaits a mesuré l'écueil.

On m'apporte une Lettre : elle est de toi. Je l'ouvre.

Dirton, quel crime encor il faut que je découvre !

Tu m'appelles à Londre. Aussi-tôt je pâlis.

Mes esprits font troublés, mes sens anéantis.

Écrit triste & fatal!... je le baigne de larmes.

En pensant à Fanni, je regrette ses charmes.

» Je quitterois ces lieux?... J'y suis près de Fanni.

» Je pourrois... Non, Dirton sera désobéi.

» Je n'entreprendrai point cet horrible voyage.

Pour balancer, Milord, il falloit mon courage.

Tu parlois, tu pressois; mais tu ne sçavois pas,

Quel objet attachoit mon cœur à ses appas.

Pendant tous ces combats d'une âme déchirée,

Aux douceurs du sommeil mon Amante livrée,

N'eût jamais soupçonné qu'un amour criminel

Avoit conduit ses pas aux marches de l'Autel.

Elle ne doutoit point. Trop aveugle ignorance!...

Son Époux... ce nom seul faisoit sa confiance....

Que ne l'étois-je?... Hélas! j'eusse été plus heureux.

Je me fusse épargné ce souvenir affreux....

Sans un ami perfide . . . . ô crime que j'abjure ! . . .

L'aspect d'un sacrilége irritoit la Nature.

Elle parloit, Dirton. Dans mes sens révoltés,

J'entendois tour à tour des cris précipités.

Mes sanglots, mes soupirs les rendoient à ma bouche.

Ma voix les répétoit à ce monstre farouche,

A cet infâme ami qui, pour comble d'horreur,

Sans indignation, les rendoit à mon cœur.

» Tu balances encor, quand ton Oncle t'appelle ?

» A ses ordres, Velford, tu serois donc rébèlle ?

Et soudain du départ il a fixé le jour.

Asiles fortunés, où je connus l'amour,

Où cherchant les plaisirs dans l'ombre du mystère,

Je trouvois le bonheur . . . . au fond d'une chaumière ;

Faut-il donc vous quitter ? . . . Peins-toi, si tu le peux,

Peins-toi, Dirton, l'horreur de nos tristes adieux.

Vois, devant un parjure, une crédule Amante,

Inquiète, éperdue, égarée, expirante,

Verfer des pleurs, frémir, & lui tendre la main;

L'appeller, l'embraffer, fe jetter dans fon fein,

S'arracher de fes bras, s'y replonger encore;

Se livrer toute entière à l'ingrat qu'elle adore;

Le couvrir de baifers .... le nommer fon Époux...

Lui rappeller ces jours & ces moments fi doux,

Où l'âme de Fanni, fur fes lèvres, errante,

Venoit chercher mon cœur fur ma bouche brûlante;

Ces momens de l'amour, extafes du bonheur,

Accordés aux Humains par un Dieu Bienfaiteur,

Ces tranfports ... dont je fis un fi coupable ufage...

De nos feux, dans fon fein, Fanni porte le gage.

Elle parle pour lui, prend les Cieux à témoins,

Qu'il fera déformais l'objet de tous fes foins.

» Oui. De fon Père en lui, mes yeux verront l'image,

» Un fi flatteur efpoir affermit mon courage.

» Je ne fçais... mais... mon cœur...» Elle n'acheva pas.

Que devois-je penfer?... Je volai dans fes bras.

Un

Un seul de mes baisers a tout fait disparoître,

Chagrins, craintes, soupçons. Le calme vient de naître,

Sur ce front ingénû que j'osois profaner :

Sur son front.... je l'ai vû prêt à me condamner !...

'Adams fixe sa fille. Une âme pure & tendre,

Des vertus aux soupçons, n'a jamais pû descendre.

Il condamne en secret les larmes de Fanni.

Un soupir échappé de son sein attendri,

Fut son dernier adieu. Dans cet effort sublime,

Il céde la nature à l'honneur qui l'anime.

J'admirai cet effort; je partis. Mais hélas!

Je ne fis qu'admirer; & je n'imitai pas....

Je suis à Londre enfin. Par sa cruelle adresse,

Bévil a dissipé mon trouble & ma tristesse.

Entraîné chaque jour dans de nouveaux plaisirs,

Chaque jour, j'oubliois... jusques à mes desirs.

F.

Dans ce cahos confus, qu'on appelle le Monde,

Où fur les maux d'autrui, l'orgueil des Grands fe fonde;

Où la joie, en riant, étouffe la pitié,

Où fous un vernis faux, on cache l'amitié,

Je m'égarai bientôt. Dans cette route obfcure,

Il n'eft point de fentier qui mène à la nature.

On s'en éloigne alors qu'on n'eft plus vertueux.

Trifte réfléxion, fecours des malheureux,

Tu dûs m'abandonner… Le Ciel trop équitable,

Le Ciel te refufoit à ce cœur méprifable,

A mes fens enivrés de plaifirs fuperflus.

A mes fens… Qu'ai-je dit?.. Ah! je n'en avois plus….

Tu friffonnes, Dirton; mais moins que moi peut-être.

Quel fut l'égarement où fe plongea mon être!…

Tu fçais à quel objet s'adrefsèrent mes vœux.

Au mépris de Fanni … je formai d'autres nœuds.…

Jour affreux!.. jour de crime!.. au fond du fanctuaire,

Le Soleil, à regret, épanchoit fa lumière.

D'une fubite horreur je me fentis troubler.

L'autel qu'on profanoit, je crus le voir trembler.

Sans doute alors le Ciel, qu'irritoit ma préfence:

Avec Fanni trompée, étoit d'intelligence.

Que n'arrêta-t-il donc cet horrible ferment?....:

Il me vouloit coupable... &... j'étois innocent... (*)

Infortuné!.. quels maux, quelles triftes allarmes,

N'ont point fuivi ces jours obfcurcis par mes larmes,

(*) *Je n'excuferai point la hardieffe de ce Vers:
elle eft peut-être impardonnable quant à l'Auteur:
On me permettra pourtant d'ajouter que Velford,
criminel, a dû s'imaginer l'être moins, toutes les-
fois qu'il n'a pas eû un crime de plus à fe reprocher.*

Ces jours, où, tranfporté d'un efpoir impofteur,

Mon cœur s'étoit permis de chercher le bonheur.

Quelle femme, grands Dieux ! à Fanni préférée ! ...

Pendant fept ans, Dirton, dans mon âme égarée,

Elle a nourri ces feux, ces criminels defirs,

Où les fens abattus dans de honteux plaifirs

Sans donner le bonheur, n'en goûtent point les charmes.

Fantômes de l'amour, infructueufes armes,

Perfides voluptés, faux plaifirs, vains appas,

Vous n'êtes point l'amour ; vous ne le donnez pas.

Vile foif des tréfors, cet hymen déteftable,

Ce nœud défavoué par mon cœur trop coupable,

C'eft toi qui l'a tiffu. Mais le Ciel irrité

Du crime audacieux, fier dans l'impunité,

A déployé fur lui le bras de fa vengeance.

Par fa mort Arabelle expia mon offenfe.

Je la vis, je la tins mourante dans mes bras;
Et son dernier baiser m'annonça son trépas.

Il me restoit Bévil. Il m'arrache à moi-même.
Sa barbare amitié, dans mon malheur extrême,
Écarte de mon cœur la plainte & les regrets.
L'aurore de mes jours, dans une fausse paix,
Sous le poids des malheurs, languissoit opprimée.
Mon âme, sans ressorts, étoit inanimée.
Stupide aveuglement de mon être soumis!....
Déchiré de remords, séché dans les ennuis,
Je me croyois heureux; & ce n'étoit qu'un songe...
C'est en vain, chaque jour, que Bévil le prolonge;
Le voile va tomber. Le plus heureux réveil,
Doit bientôt succéder à cet affreux sommeil.
Jour propice, à jamais reste dans ma mémoire.
O jour qui m'as rendu mon bonheur & ma gloire,

Tu m'as paru plus beau. Ton azur, plus brillant,

Avoit rempli mon cœur d'un doux preſſentiment.

Le ſouffle rafraîchi du jeune Amant de Flore,

Les concerts des oiſeaux, le lever de l'Aurore,

Ces globes lumineux, ſur ma tête, brûlants,

Cet éclat ſi pompeux dont ſe parent nos champs,

Le criſtal d'un ruiſſeau qui ſerpente & murmure,

L'ordre majeſtueux qui régle la Nature,

Tout réveilla mes ſens. Pour la première fois,

J'apperçois la vertu : je m'arrête à ſa voix.

Doucement agité d'une volupté pure,

Au feu de la raiſon tout mon être s'épure :

Il penſe, il réfléchit, il gémit, ſe repent ;

Et devenu ſenſible … il ſe croit innocent…

Ce calme ineſpéré, Bévil vient le diſtraire.
Ses regards furieux annoncent la colère.

Des mots entre-coupés, dictés par la fureur,

S'échappent de son sein, & pénétrent mon cœur.

» Viens, me dit-il, ami; vient me venger... d'un traître...

» Notre honneur compromis !... il n'est pas fait pour

      l'être....

» Un malheureux abject me soutient... Tu m'entend,

» Accours, vole, fuis moi. La victime m'attend...

    Je volai sur ses pas. Ce fut là ma réponse.

Dans l'horreur d'un taillis avec lui je m'enfonce.

Je l'avourai, Dirton, en entrant dans ces lieux,

Je sentis sur mon front se dresser mes cheveux.

L'apprêt d'un nouveau crime effrayoit mon courage.

Je vois un inconnu, dans cet endroit sauvage :

Il attendoit Bévil. Sans trouble, sans frayeur,

Son visage marquoit sa prudente valeur.

Bévil ne contient plus sa rage impatiente.

L'éclair est moins rapide; & la foudre est plus lente.

Il vole à l'inconnu. Son homicide bras

Entre son homme & lui fait errer le trépas.

La valeur tient long-tems la victoire en balance.

Chacun est indigné de-trop de résistance :

D'un art injurieux chacun trompe le sort.

Mais vainement Bévil fait un dernier effort.

Il succombe : il expire ; & sa voix défaillante ;

Refuse un dernier son à sa bouche mourante.

Soudain à cet aspect, égaré, furieux,

La rage dans le cœur, & la mort dans les yeux,

D'un pas désespéré je cours à la vengeance.

Alors cet inconnu, sans se mettre en défense,

Sans se déconcerter, le front calme & sérein,

Jette au loin son épée, & découvre son sein.

» Ce que j'ai fait, dit-il, Milord, je l'ai dû faire.

» Mon bras d'un monstre affreux vient de purger la terre.

» L'honneur le commandoit ; & son ordre est rempli.

» Venge-toi maintenant du Frère de Fanni :

» Tu

Ch. Eisen inv.
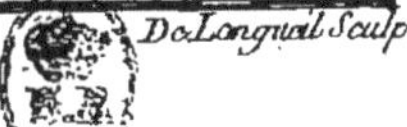
De Longueil Sculp.

» Tu le vois à tes piéds....» à ces mots redoutables,

A ces noms pour mon cœur à jamais respectables,

A ce mélange affreux de tendresse & d'horreur,

Je demeure sans voix, sans force, sans couleur.

De longs ruisseaux de pleurs inondent mon visage,

Le crime, le remord, tout m'irrite, m'outrage.

Ce cadavre étendu, ce fer ensanglanté,

Cette épaisse forêt, sa sombre obscurité,

Le Soleil qui pâlit, & que le crime étonne,

Tout sert à redoubler l'effroi qui m'environne,

Je chancelle, je suis aux portes du trépas.

Le Frère de Fanni me reçoit dans ses bras,

Il partage mes maux; & sa main tutélaire

S'efforce de r'ouvrir ma mourante paupière,

» O Milord, revivez, revivez pour Fanni.

» Elle respire encore...» à ce nom si chéri,

J'ouvre un œil languissant où se peint la tendresse,

Oui, Fanni, ton nom seul dissipa ma foiblesse,

G

Mon cœur s'eſt réveillé. J'ouvre mes yeux au jour,

Mon âme au tendre eſpoir , & ce cœur à l'amour.

» O Fanni, m'écriai-je, Amante incomparable ;...

» Frère trop généreux d'une sœur adorable,

» D'une Sœur ... mon Épouſe !.... & que j'ôſai tromper,

» Quel Dieu retient ton bras, quand il doit me

     frapper ? . . .

» Va, laves ton honneur, dans le ſang d'un barbare.

» Mon crime fût affreux ; que ma mort le répare !...

» Que mon ſang, par ta main... Que dis-je ?... Mal-

     heureux ! . . .

» Mon ſang... Eh ! de quel prix peut-il être à tes yeux ?

» Ta gloire, en le verſant, en ſeroit avilie.

» Il ſouilleroit le bras qui ſervit la Patrie,

» Qui du prix de tes jours a payé ton honneur.

» Prends pitié de mes maux ; pardonne à ma douleur.

» Un lâche Séducteur, endurci dans le crime,

» Peut-il apprécier ce titre magnanime,

» Paſſion des grands cœurs, objet de tous leurs ſoins,

» Et qui, dans la vertu, leur marque leurs beſoins?

Ciel ! il eſt donc des cœurs que le crime intéreſſe!...

Soudain, (ce ſouvenir m'occupera ſans ceſſe.)

Soudain, le Fils d'Adams, touché de mes remords,

De l'infâme Bévil enviſage le corps.

» Dieu! voilà donc l'excès de mon aveugle rage?...

» Pourſuit-il, en pleurant, ſa mort eſt mon ouvrage...

» Vain & fatal honneur!... au lieu d'aſſaſſiner,

» Je devois être grand; je devois pardonner...

Tous deux anéantis, tous deux baignés de larmes;

Nous fuyons ce ſéjour, & d'horreur, & d'allarmes.

La vertu dans mon ſein a déja ſoupiré.

Par la mort de Bévil mon crime eſt réparé;

Le Fils d'Adams enfin a deffillé ma vue:

Je cherche à diffiper le trouble qui le tue.

Ce cœur impatient, qui vole vers fa Sœur,

L'interroge cent fois & diftrait fa douleur.

Non; tu ne croiras point ce qu'il vient de m'apprendre:

Bévil..quel nom!grands Dieux!faut-il toujours l'entendre?

Bévil, toujours coupable, & toujours impuni,

Avoit ôfé braver le Frère de Fanni.

Ce zélé Citoyen, ce Sujet refpectable,

Ennemi d'un repos obfcur & méprifable,

Au milieu des combats, dans les champs de l'honneur,

Avoit à fon Pays confacré fa valeur.

Au deftin des Héros, l'État toujours propice,

L'État à fes vertus avoit rendu juftice;

Il l'avoit décoré de ces prix glorieux,

Partages des grands cœurs, & les feuls dignes d'eux;

Qui, leur montrant toujours le front de la victoire,

A travers les lauriers, les mènent à la gloire:

Nobles prix des vertus, qui leur donnent l'éclat ;
Et qui marquent l'honneur fur le fein du Soldat !

Tu le fçais trop, Dirton. Un généreux courage,
Souffre impatiemment la honte d'un outrage.
Jamais impunément on n'offenfe un grand cœur.
Bévil l'ôfa. Quel prix de fa lâche fureur !...
Il en eft la victime : & d'autant plus à plaindre,
Qu'ayant trompé le Ciel ; il en a tout à craindre !

Mais quel bonheur m'attend ? qu'il paffe mon efpoir !
Plaifir inefpéré !... Je n'ai pû l'entrevoir ?....
Fanni... Fanni, bientôt à mes defirs rendue...
Cette félicité, Dirton,... l'as-tu prévue ?...
En fortant de ce bois, de ces affreux taillis,
A quelques pas de nous, nous démêlons des cris.
Ils partoient de ces lieux, témoins de la vengeance,
Qu'un Mortel vertueux devoit à l'innocence.

Nous y volons tous deux ; ô fpectacle touchant !

Un Enfant, jeune encor, pâle, glacé, tremblant,

Près du Corps de Bévil, d'une main bienfaifante,

Tâchoit de refermer fa bleffure fanglante.

Dans fes efforts nouveaux, & toujours impuiffants,

Il veut le foulever de fes bras innocents.

Je plaignois fa douleur. Mon âme fatisfaite,

Approuve quelque tems fa tendreffe inquiète.

Il me fixe ... foudain, humilié, confus,

Je me cherche moi-même ; & ne me trouve plus...

Son âge, fes regards, fes larmes, fa trifteffe...

Tu te troubles, mon Oncle ? ô Dieu ! qu'il m'intéreffe,

Cet Enfant !.. qu'il eft cher à mes fens attendris !...

Eh bien ... ce même enfant... Dirton, c'étoit mon fils.

Tu ne le conçois pas, cet horrible Myftère ?

Sois donc inftruit de tout, qu'un repentir fincère,

Que mes maux, ma douleur, mon trouble, mon effroi,

Dans ton cœur irrité, parlent encor pour moi!

Respecte mes remords... & plains mon infortune.

Devenu vertueux, ma cause t'est commune.

Un instant, loin de toi, si j'ai pû m'égarer;

Tu dois me plaindre ... hélas! & non pas m'abhorrer...

Quand un ordre fatal, sans doute trop sévère;

Que je dûs respecter du Frère de mon Père,

M'ordonna, sur le champ d'abandonner des lieux

Où peut-être à jamais j'eusse borné mes vœux;

Je te l'ai déja dit. Sur le point d'être Mère,

A mon départ, Fanni ne m'en fût que plus chère:

Je jurai que bientôt dans ses bras de retour....

Dirton, si ce fût-là le serment de l'amour,

Qu'il fût mal accompli!... Fanni dès-lors instruite,

Se déroba soudain par une prompte fuite

A des lieux où fans ceffe elle eût vu mes forfaits.

Elle aima mieux nourrir dans le fond des forêts,

Loin de l'œil des Humains, dans une Grote obfcure ;

L'Enfant infortuné dont fon honneur murmure,

Que de refpirer l'air que j'avois refpiré.

Son Père la fuivit dans ce lieu retiré.

Là ce fruit malheureux de ma coupable ivreffe ;

Élevé fous leurs yeux, confoloit leur trifteffe.

Il prévenoit leurs vœux, il charmoit leur tourment ;

Et pour leur procurer un utile aliment,

Dans l'épaiffeur des bois, d'une courfe rapide ;

Il preffoit le Chévreuil, ou le Lièvre timide.

O honte ! ô défefpoir !... C'eft au milieu des bois,

Que j'embraffe mon Fils .... pour la première fois !...

Mais maintenant, Dirton, tu préfages le refte.

Épargnes-toi l'horreur de ce récit funefte.

S'il

S'il m'a coûté des pleurs; si j'ai dû le tracer;

Puissent des pleurs aussi dans tes mains l'effacer!

J'ai retrouvé mon Fils, je suis près de sa Mère;

J'embrasse les genoux de son malheureux Père;

Du Frère de Fanni j'admire la vertu.

En un mot, ô Dirton, j'ai fait ce que j'ai dû.

Ce nœud, qu'auparavant avoit tissu le crime,

A la face du Ciel, je le rends légitime.

Chaque jour plus aimé, chaque jour plus chéri,

Je le resserre encor dans les bras de Fanni.

Transports délicieux, qu'en moi l'amour fait naître,

C'est par vous que je sens tout le prix de mon être!

Par vous je suis heureux!... par vous abandonné,

Je ne me souviens plus, que l'on m'ait pardonné...

Milord, tu la verras, cette auguste Famille.

Tu verras ce Vieillard, & son Fils, & sa Fille,

T'aimer, te respecter, tomber à tes genoux.

Tu me verras Amant, tu me verras Époux.

H

La voix de mes Enfants paſſera dans ton âme.

Ton cœur approuvera mon amour & ma flâme.

Alors Velford heureux, à ſes devoirs rendu,

Aura pour lui le Ciel, ſon Oncle, & la Vertu....

N O T A.

Le Frère de Fanni, fur la nouvelle des malheurs
où Velford, à l'inftigation de Bévil, a précipité
fon Père & fa Sœur, quitte fon Régiment ; & vient
à Londres, pour prendre des informations fur le
lieu de la retraite de cette malheureufe Famille,
qu'on ignoroit dans le Pays ; lorfqu'un jour, ayant
rencontré Bévil, il l'accable de reproches, auxquels
celui-ci ne répond que par des injures dignes d'un homme de fon caractère. On a lû, dans le corps de l'Ouvrage, les fuites de cette entrevue, & la punition
de Bévil. Ce détail, qui n'eût fervi qu'à allonger &
conféquemment refroidir mon récit, ne m'a paru
pouvoir être employé qu'en Note. Le célébre M. de
Voltaire dit quelque part, au fujet de la Tragé-
die : » Il faut toujours fonger à être intéreffant,
» plutôt qu'éxact ; car le Spectateur pardonne tout,

» hors la longueur; & lorfqu'il eſt une fois émû,

» il éxamine rarement s'il a raiſon de l'être. » Peut-
être cette Réflexion du Prince de nos Poëtes eſt-elle

une autorité pour moi?

* * *

A P P R O B A T I O N.

J'AI lû, par ordre de Monſeigneur le Vice-Chancelier : *La Lettre du Lord Velford*, Ouvrage qui prouve des talens, & qui doit plaire aux âmes ſenſibles & honnêtes. A Paris, ce 17 Février 1765.

M A R I N.

De l'Imprimerie de CHRISTOPHE BALLARD, Seul Imprimeur du Roi pour la Muſique, & Noteur de la Chapelle de Sa Majeſté, rue des Noyers.

9 782016 185803